牡丹の伯母《ぼうたんのをば》

米川千嘉子

歌集

砂子屋書房

＊目次

車椅子と木椅子　11
スズメノエンドウ　20
閑上中学　25
夕波納戸　27
薔薇邸　43
ドローンと白牡丹　47
をとめの島　51
またたびの花　56
炎天　61
恋人の墓　70
「野火」　73

防災無線 76
「泣かないでアマテラス」 88
中古品 95
旧姓 100
奇跡の一本松 108
女の顔 111
うぐひすのみささぎ 116
牡丹の伯母 124
菖蒲のみぎは 130
木曽谷 134
心臓と歯 137

段ボール箱 142
つばさ 151
改札 155
大福 164
一味 170
そろそろ歩く 186
〈文芸の女神〉も〈楽土〉も 189
つるつるの世 193
旅の歌は 208
がたがたぴしと 214
みかんの思ひ出 218

先生亡きと 222
叱咤激励状 225
香香 230
弦 232
アレクサ 234
白鳥乙女 239
紫蘇の実かけて 243
〈伊右衛門〉 247
あとがき 264

装本・倉本　修

歌集

牡丹の伯母

ぼうたんのをば

車椅子と木椅子

十グラムのいのち二年のカヤネズミも銀の野分の風にそよがむ

イヤリングネックレスつけずいくつかの言葉をつけて鳴らしてみる日

看護師のやはらかなこゑ銀杏照る午後へこぼれ出す車椅子のひと

車椅子のひとと木椅子のひと語る　むかしの童話になき車椅子

難聴なれどみんなと笑つて話す母　父方の血でわたしは黙る

「君かへらぬこの家ひと夜に寺とせよ紅梅どもは根こじて放れ」（与謝野晶子）

「ぎんなんは臭いから子供はうるさいから」そんな大人は根こじて放れ

民謡のこゑのやうなるこころ消ゆ秋空のぼる会津磐梯山の唄

田に積みし土嚢よりダンドボロギクが伸びる歌南相馬のひとより

「大きなる椿ほたりと落ちしなり屹驚するな東京の子供」（北原白秋）

「屹驚《びつくり》するな福島の子供」と空は言ふことなし　あそべず太る福島の子ら

四十年のちの巨大な死のためにはたらく人ら顔を映さず

震度3はベッドより起きず四、五人を淡くみじかく思ひ出すとき

百五十歳の葡萄の木より生《あ》れラン・リグは今宵夫の夢に

機械音痴人間苦手があつまつてマティスの「ダンス」のやうに相談

ぐんぐんと集中力鋭《と》くのぼる月子供に死なれし友のうへにも

老人、老人、つひに若者あらはれず満員となり入口閉まる

去年《こぞ》の暮れ〈イスラム国〉を知らざりし七十億人に新年は来る

スズメノエンドウ

熱ありて母はゆふべの散歩せず風を啄むスズメノエンドウ

アイフォンに吸はれてゐたる顔一つこちらへ戻せど戻る途中で

ローラー手回し脱水機

ハンドルを回せば父母いもうとも薄く出で来し洗濯機の記憶

「シラケ世代」と評するひとの明るさをうたがひながら若き日過ぎし

回覧板は昭和の遺産　神あらぬひとのちひさき祭りを知らす

「スカーフをしてゐる老女」風の日の放送に靡く不明の人よ

化粧道具かちかち鳴らし少しづつ違ふ顔もち生き継ぐ自由

つばさが欲しい羽根が欲しいと花寒《はなざむ》にこゑをしぼれる女義太夫

桜とふおほきしろがねの〈顔なし〉をふたりの母と見てさびしき日

閖上中学

閖上中学寒さに気絶する子らをかかへ耐へたる夜を聞きたり

見つからぬ子を捜すため潜水士となりたるひとの閑上の海

やはらかな無知無関心に洗はれて係留杭は澄みはじめたり

夕波納戸

薔薇ひとつ何もの満ちてひらかむと見つむるときの孤独よろこぶ

黄《きい》の薔薇空に濡れつつふくらみゆく真昼間ふかしドローンは飛ぶ

古代ローマ、薔薇の下で話したことは秘密だった。

吊されたひと束の薔薇　そのしたで人間がした約束は何

本読めば居眠りの来てスマホ見るときに来ぬらし　居眠りやさし

けふ青葉父の命日歯を抜いてうすい血の味のする木曜日

中学受験せざりしわれの旅人算に苦しむなき旅五十代なかば

惑星間空間にからだ逃げだしてラッコ型イトカワ十億年後無し

小惑星イトカワおもへばおのれより逃げ出すからだを静かに巻いて

死んだひとのこころを巻いて目をつむり回る地球か　ヤマボウシ咲く

投稿にうつくしき夏の雨詠みし青年「無職」となる職業欄

今日われは立ち話でなにを励ましし夫亡くしたる若きひとに向き

雷も聞こえぬ母の辺にひらく花菖蒲の紺父のごとしも

難聴の母がねむれば母の辺へ寄する葉ずれと干しものの音

夢に来る不思議の巨漢のやうなひと逸ノ城を母と応援したり

開き直ればまんぢゆうのやうにあたたかと言はれて母の家より帰る

昭和十一年、晶子が命名した夏の流行色は「月の出色」や「夕波納戸」。
寛は前年没している。

夫亡き時間のなかのふかぞらや晶子が「月の出色」と呼びし黄

すでにもう軍靴の時代　夏の青ゆたにさびしき「夕波納戸」

大正八年流行色は「平和色」その緑にそだつ竹槍の思想

千人針手伝ひつついのち絶ゆるばかり恋ふとうたへり岡本かの子

比喩としてさまざまな乳房はゆたかなりと読むときわれの乳ふさ涼し

人身事故

電車とは横面《よこつら》くらく走る滝飛沫をあげて人をいざなふ

二十三時の電車に眠る若者のはるかな列の果てに眠る子

甲虫のまつ黒な羽根画用紙を切りて飛ばむと子どもゐた夜

激怒して出でゆきし夫が買ひ来たる二頭の馬の絵むかしの絵となる

I am Charlie / I am Kenji　かぎりなくやさしく他者を受け入れる〈I〉

愛《いと》ほしき名前を入れてつぶやけばその不可能はただに知るべし

五月某日テレビが選択した〈今日〉にはさむ感想のくらい嘴

この莢に空豆はふたつぶ　老いし姉を老いし妹は殺したり

人間がはぐくみ来たる飛ぶ夢の果てにあやしきオスプレイのかたち

兵站といふ語あらはれ砂、岩場、洞窟、泥沼、荒野あらはる

薔薇邸

白秋は薔薇の木といへり木の深さ木の沈黙をもちて薔薇咲く

しなしなと薔薇は揺れをり花びらに風触れてほそく傷を入れつつ

薔薇邸に五月の雨は降りだしてひとははるかな記憶煮詰める

緋鯉はも沈みて赤き薔薇をしらず夢そのものである孤独生く

原種薔薇は五枚の花べん百枚の花をつくりしひとのさびしさ

蔓薔薇がそよそよそよぎ甘嚙みをしてゐる真昼ドローンは落つ

ドローンと白牡丹

天然系母すこやかに老いにけりポンポンマムをことしは捧ぐ

ドローンも白きおほきな牡丹《ぼうたん》もしんしんと闇をみがきて飛ぶや

銀色の高層ビルを仰ぐときおもふ近代断髪のをんな

皇軍慰問号ありてかの子は万体の光る男子と軍馬讃めたり

戦争の意欲にふくらむ女体ありきしなしなと百合を揺らす黒蝶

戦中のかの子の恋を読みて書く　こころに滝があるといひしかの子

をとめの島

穴井の底に水汲む乙女、ひめゆりの学徒　をとめのかなしき島よ

沼空の「をとめの島」に襟細く胸濡れしをとめ壕で死なずや

刳《く》り舟はむかしなれども辺野古の海かく「危々《ホトホト》に　死なむとし」をり

慰霊の日、毎年田村さんは沖縄にいる。

七十回の六月二十三日沖縄の祈りのなかの田村広志さん

「四人の子遺され戦争未亡人。こぼれ繭なり母のひと世は」（田村広志）

こぼれ繭母の尊き一生の幾万あらむ沖縄の祈りに

沖縄の高校生多く「復帰の日」を知らぬと言へど復帰とはなにか

辺野古行つたことあるといふほか言葉なく見をれば小舟追ひ払はるる

山原《やんばる》の黒森よ座り込みのひとをのぞきこむ山原の深い夜よ

またたびの花——佐渡潟上・牛尾神社例大祭

またたびのみどりの葉群颯々としろく変はりて虫をよびをり

またたびの花しろきかな鬼太鼓《おんでこ》の太鼓と青年軽トラで行く

ロックバンド・イエスのごとき白頭《しろがしら》青年は舞ふ潟上《かたがみ》の鬼

世阿弥死にてしんさらさらと三百年能の型入《い》りて鬼太鼓は生る

指しろく撓はせて舞ふ鬼やさし世阿弥をかなしむことなき若さ

黒頭《くろがしら》汗まじめなる青年が惜しみてはがす青鬼の顔

現代の金島のこと　鬼なりし青年のほそき顔見たるのみ

百年ぶりに生れたる男の子権禰宜となりし宴の浅黄の袴

旅人が青き風土を浅はかにほめて去るとき霧の湧く佐渡

炎天

蟬声の傘あつらかにつづく道この世は死者をふくみてをれば

犬よりも迅く住宅街は老いて炎天のした藤咲き出づる

かくすごき炎昼に返り咲きし藤ひつそり垂れて死ぬ蟬を見る

死者の気配つもるうつつを高橋和巳死んで高橋たか子は書けり

分かつことできぬ人間《ひと》よと誰が賜びし一枚の炎天今日もあらはる

たちまちに上りて下がりし子の熱よ　日本の夏の熱手当て無し

炎天はもつともふかく悼むひと　八月六日無人の昼に

つねに満ちくる時代にそだちし罪ありてアーケード街消えしふるさと

ヤンワレヤンワレ神輿ゆくとき飛び散れる人のにほひをわれは怖れし

夜神楽の鈴しやんしやんと降るときにおかつぱの黒い頭濡れたり

浴衣なる朝顔金魚まつはりて幼く湿つたからだにささやく

水ヨーヨー金魚綿菓子ひよこたちあやしい色はちぎれて逃げた

町っ子の母は神輿をなほ愛しさびしい祭りの焼きそばを買ふ

亀甲萬醸造の歴史はるかにてふるき蔵にはうつろの冷ゆる

樽職人とんとん樽をたたく音陽をのぼらせて陽を沈ませて

母ひとり住む町もわれが住む町もしんしん老いて炎天が主人《あるじ》

恋人の墓

福島県飯坂温泉

八月の摺上川の素直なる青きさびしき流れ見おろす

かの子この摺上川に遊びたり若い恋人もその弟妹も

岡本かの子の恋人の墓訪ひゆけば守りびと老いて墓移りぬと

かの子の恋人死にしあたりの古旅館除染業者が買ひ取りしとぞ

廃墟とぞ見たる旅館の灯りつつ除染作業の人の夜の更く

『野火』

大岡昇平『野火』読めばわれの指先のすべてへ進もうとする黒い水

デモをゆくひとりひとりよ母親はみどりごの髪の匂ひをかぎて

つやつやの茄子の深色《ふかいろ》いただきぬ人間《ひと》ならどんな感情ならむ

このごろは野菜売り場で恥づるなり人間はかく見事に成らず

防災無線

東日本豪雨による鬼怒川氾濫から二ヶ月

常総線全面復旧秋晴れを一両編成気動車でゆく

口を開け喉まで見ゆるがらんどう乾かぬ家並《やな》み車窓につづく

ああ何の枯れ野と思へば刈られざるまま川土に凋らびたる稲

農機具は失はれたり刈られむとよろこび待ちし黄金《きん》の稲田も

〈からだ巡茶《めぐりちや》〉ちびちび飲んで　二メートルの高さに水がころげたる道

土台ごと地面に刺さる家はあれど東北の記憶に黙ると言へり

収穫されし米は水浸きて芽を吹きて袋のままに腐りをりたり

堤防決壊の日、わが家と道を挟んだ住宅地には避難勧告。

防災無線豪雨のなかに音にごり耳とほき母の孤独おもへり

堤防決壊思はざりけり銃に弾込むるごと川に雨降りゐしを

泥海となりし刈田に鷺の来て蝶のごと群れなにか漁れる

八間堀川の土手にて旅終へし赤いサドルはいつまで休む

鬼怒川が氾濫した常総市に長塚節は生まれた。
『土』にも鬼怒川氾濫のことが書かれている。

短歌大会中止にて『土』を読みかへす　鼠麹草《そきくさう》とはハハコグサなり

鼠麹草耳菜草はた仙人草名のさびしさの満ちてくもる野

「俄に老衰した老の如く」に白髪の草木ばかり『土』の描《か》くとほり

洪水が運びし木片をんならが鬼怒川の洲に掘りゐたり『土』

利己心と淡き親切　貧しさを鉈彫のごとく『土』は描きたり

「一人娘」の蔵被害小、「紬美人」の蔵も懸命に再開したり

凋らびたる稲を草刈り機で刈れば土煙立ち筑波くもりぬ

失恋や水害の傷　痕跡をただ消すことが生ときみ言ふ

田の主人いまだ戻らず泥海はひび割れながら冬の顔する

家をもてど二十年土に結ばざる新住民のままに老いそむ

ゐのしし村で買ひし鉄製ゐのししの黒文鎮を本に載せて書く

はるばると泥土に流されゆくものか小さき鉄の黒文鎮も

「泣かないでアマテラス」

雨は〈のぞみ〉の窓を真横に走るなり息子はたらく大阪は過ぐ

「泣かないでアマテラス」を聴いてゐる車窓あかりのともる洞・くらい洞

子のからだに水疱瘡またたくまに増えしはるかなはるかなクリスマスの夜

猛スピードの旅をしてきしクール便明石の鯛は出でて恥ぢらふ

正月の寺の鐘の音今日は止みひとは祈りをまた仕舞ひたり

何気ないこと何気ないことといふやうに一月に咲いてゐたり躑躅は

松山に生まれし夫ひそかにも怖がる北国の雪の映像

マスクして手袋はめてブーツ履き帽子もかむり　たましひ洩れず

地上の色ここより湧くとおもふまで椿は咲きぬ朝のバス停

さびしさは見てゐるほかなしまばたきを繰り返すやうなそのツイートも

ひとは誰かに出会はぬままに生きてゐる誰かに出会つたよりあかあかと

水仙はこびとの帽子中年となれど水仙咲くたびおもふ

中古品

中古品となりし歌集を買ひもどす互ひにすこし年をとりたり

たくさんの寂しいことがあつたよと言へばうなづくべし高村さん

高村さんが「こころ」といふとき真つ白く青くおほきく広がりし布

はりつめた痩身の君ベレー帽の丸い空気をあたまに乗せて

嘘のやうな死は冬にのみ来るものか記憶がそばにゐて耳がつめたい

六百番歌合には「余寒」あり寒さうるはしき十二世紀の歌

みな寒い日に亡くなりてあたたかいこの冬に背を向けて近づかず

にんげんのこころみつしりみなぎりて崩れざる世に臘梅ひらく

旧姓

むかしから今も一人であるやうに眼鏡外さず味噌にぎり食む

「いつまでひとりで」とつぶやいたのは母のこゑわたくしのこゑ水仙のこゑ

子を産みしむくみの消えてわたくしは二重まぶたの母となりたり

三十年一重まぶたでその後を二重まぶたでちろちろ見る世

千葉県勝浦市鵜原理想郷

近代が「理想郷」と呼びし絶景に水仙とさびしい梅が咲きをり

「理想郷」は大正はじめの言葉なれど鵜原は晴れて言葉くもらず

引く波を追ふミユビシギ波来れば光りて逃ぐる二十の鞠は

海岸に色あるものは砕けたる夢の貝殻のみの三月

九十九里サーファー黒くきらきらと死にたる人のごと沖にゐる

結婚まへのきみの手紙は抽斗のゴーフルの箱にありて覚まさず

旧姓を筆名として捨てざるを誤魔化しと思ひ来し三十年

女性環境大臣

答弁するうすい一輪〈環境〉も〈女〉もこんなに寒く突つ立つ

野次が好きつよい国家も好きなのだ飾られならぶ女の大臣

女であるそのこと何の頼みにもならぬ自明に三人映る

奇跡の一本松（二〇一六年春）

土の山土の平らとなすことの無限のごとき反復を見る

遊園地のやうな色彩濡れながら霧雨にうごく百台のユンボ

旅びとは雨中に佇てる人工物奇跡の一本松に何おもふべき

逃ぐるごとただ離《さか》れども松は見ゆ巨き平らにほそく刺さりて

落合直文邸

咲くのは明日咲くのは明日とこらへゐる大白蓮もその波見たり

女の顔

疲れたる女の顔は疲れたる男の顔とちがふ　桃の日

一号車女性車両の窓の顔揺れればコチコチぶつかりながら

女子トイレに小さな男の子の便器遊具のやうな春のかがやき

注意深くさざなみのやうな感想と好悪を書くかいま三十ならば

人は人をそんなに知つて幸せか　好きなうた、降りた駅、舌打ち

いまははや「死ね」といはれた国であり　靖国神社開花宣言

「でべそ」とふ言葉にあふ春の歌会よ　尖り出で来し臨月のへそ

憂鬱で起き上がれぬ朝うぐひすはすべての鳴き方を聞かせたり

ジグソーパズル崩るるやうに桜散り原発動く空のあらはる

うぐひすのみささぎ

吉永小百合のほほゑみコンコースにつづき何かの罪のごとく老いざる

鹿のふんのくだらない歌よろこびて嘘のごとくに軽き時代《よ》ありし

若草山山頂　鶯陵

うぐひすのみささぎに眠るひとは誰だれでもよいと緑の和毛

おーいおーい小学生が叫ぶたび半分の虹古墳の遠足

回想（二首）

卒業していきなり夫となりし君の若さはるかにそよぐ明日香路

若葉風自転車きゆつきゆつと止めて亀石も鬼の俎も見たり

謎であることあたたかく亀石は日本の消ゆる日にもわらはむ

石像の口はしづかに水を吹き異民族ゐるうたげの記憶

老鶯がこゑなき青葉の喜びをうたひつづける板葺宮跡

奈良漬けはすでに木簡にもありき茶がゆのうへに濃く滲む瓜

骨は捨てられ銀壺盗まれほのぼのと空洞にして自由なる王

正倉院文様の鹿平成のちさき扇に花を食べをり

レリーフの仏たち

叶はざるゆゑに祈りし時代《よ》のありて塼《せん》のほとけの祈り滅びず

元興寺明日香瓦をぬらす雨牡丹の花のうちがはに入る

ひとつづつ祈り叶へてそののちに滅ぶ不思議を誰か記さむ

牡丹の伯母

何者の乳をわたしは吸ひゐしかふかぶかとしてさびしい目覚め

中年のわれ目覚むればニ十代のわれのこびとはわつと駆け去る

〈青春〉の氾濫のなか育ちきて淡々しき青春におどろきぬ

千代田線

谷や津や坂や関ある地下鉄の地霊にあいさつ先頭車両

「細君」は「小社」と同じ謙譲語ふるき映画に出会ひたるのみ

はげしき歌の一生《ひとよ》のある日大島の駱駝の背にのる晶子と寛

「心が折れる」という言葉は嫌いだが。

認知症も癌も征圧したるのち生きたきこころは折れず伸びるや

「どなた」には人が人にもつなつかしさと懐疑あふれて　牡丹《ぼうたん》の伯母

記憶の鍵ひとはつぎつぎくるほしく開けてからつぽにならむとすらむ

炎天に濡れたる手紙家内《やぬち》よりつめたい腕を出して受け取る

菖蒲の水際

雨に濡れてをれば裸体のつめたさがしづかにつづく菖蒲の水際《みぎは》

首すぢから腰から濡れて螺旋描《か》くやうに濃くなる菖蒲を見たり

われと夫ただ書く夜に息子来て一夜眠れば闇やはらかし

紀州の酒「南方《みなかた》」を子は置きゆけりいのちといのちの翳濃ゆき熊楠

大人になつた息子の心配もくもくと風船のやうに頭につけて

汚染水漏れ、難民、地震、パナマ文書　奥へ奥へとしまひこむ抽斗

百歳の人よ祈りはないと言ひただ黄の紙を笹に掛けたり

木曽谷

木曽谷や手裏剣のごと飛ぶとんぼムギワラトンボはシオカラの雌

木曽川のいかだ乗りなり中乗りさんしんしんと木のくだりける川

木遣りをうたふ狐ありけりその小さきミイラを見たる夏の木曽谷

木を盗めば命なかりし木曽谷を闇の巻くとき木は鳴きにけむ

あはあはとやさしきものを女学生島崎こま子の描《か》く栗と毬《いが》

心臓と歯

女物の傘ではすでにまにあはず蝙蝠ぬつとひろげ駆け出す

忙しく夏を帰らぬ子の仕事幾年人間の仕事であるか

人間《ひと》にしか出来ない仕事だけするは苦しきならむ人間《にんげん》なれば

悪夢のごとくスーパーマリオが似合ふ首相リオにあらはれわれは萎えたり

兄弟のごとく近くに発生せし心臓と歯はともに痛むと

補聴器を直しくれし人に感謝せりよく聞こえる日若き母にて

「神渡し」は陰暦十月に吹く西風のこと

住友ビル展望階より神渡しみれば都庁にふと休む神

だれのこころも知りたくないといふわれに金木犀は錆びて香りぬ

叔父後藤純男死去

叔父わかく模写せし平家合戦図朽ちし藍色に沈みゆくひと

段ボール箱

白飯の湯気わが顔にとびつきぬ　小島さんがおばあちやんになつた

紫蘇の実をはらはら振ればたきたてのご飯の白のあやしい深さ

回想

子のズックドライヤーにて乾かす夜つくりかけの歌も風に吹かれし

内心に育てし小さき感想のやうに枯れたり藜科《あかざか》不断草《ふだんさう》

蓮船に運命のごと夫婦乗りジェット噴射で蓮掘りつづく

昨日《きぞ》復旧せし会館は冷えをりて震災豪雨の歌を批評す

一メートルの浸水の印ある柱そのうしろより登壇したり

息子転勤で一時わが家へ戻る

夫と子とわれは異なる荷物もち紅葉のころの一時集合

転勤をかさねるうちにわが息子段ボール箱の一つにならむ

かたくなつたパフで叩いて顔つくるこの忙《せは》しさに腰をおろして

ゲームのなかに女いよいよ気持ち悪く大き乳房と幼き顔もつ

〈神経衰弱〉〈ばば抜き〉さても〈大貧民〉トランプあらはれ暗い響きに

朝が来て次期大統領映りをり　この人を見ない権利がない

省電力のあかり無限にめぐらして滅びてゆきし族のありしと

惟喬親王木地師の祖といふ伝説を聞きし木曽路に時雨ふるころ

小僧とも神とも呼ばねば北颪さびしさそのものとして降りてくる

つばさ

手賀沼のひるのひかりに枯れ葦の銀燃えあがる一月一日

病院の窓より見ゆる手賀沼は新婚のわれらを満たしたひかり

わが父の持たざる時間君の父に溜まりこぼるる時間を掬ふ

ひかり濃きもののたたかひ沼を蹴る白鳥をつかむ一月の水

恋は重きからだをさげて飛ぶつばさ　父病みてただ母を憂へる

大人ばかりの家族となりて初詣ゆくことのなし祈りをもてど

改札

臘梅のうすく磨いた花びらにそよと巻きつくひよどりの舌

憂鬱をかき混ぜてゐるカンカラの日カンカラの日と夫は唱へ

雪よ雪よ白秋は雪の日卵を割りたまるなみだをしづかに詠みし

ぼたん雪われは数ふる病む父に三十五のわれがなすべかりしことを

せつぱつまりてゐること何と問ふからに暖房便座にゆつくり語る

暖房便座は四月に去らむしろき顔　三人つぎつぎ坐りて語る

リハビリ棟の窓に映れる二重奏若き腕《かひな》と老いたる腕《うで》と

白粥をすする無数の父と母ありてとぷとぷ白粥の河

改札を出でくる背広の子に遇へり裸で産み何になれと育てし

子を産みし三十の春椿にくる目白を鶯と指さしたこと

問ふたびにかならずしづかに返事して息子はわれの感傷を生きず

西岡恭蔵「プカプカ」愛する母親を知らぬ息子の煙草のけむり

今日歌集読めば人なき壮麗な比喩の部屋にてぺたんと坐る

鷗外記念館二首

天才だから帰らざるを得なかつたと平野啓一郎、女だからわれはなほ肯はず

団子坂沈丁花の木は小柄なり立ち話するやうに香をかぐ

札束にたぐへられたる蒟蒻よあはれあはれと結びこんにやく

あきらめて傘を差さざる人映るいつからどこからと問ふべくもなし

大福

劇場のスポットのごと陽の射して白鳥のながい首も運命

焼け痕のあるまま肺はしづかなり義父にいつものをかしみ戻る

一夜一夜ねむりて今日のふかい悔い遠くへやらむ桜咲く日へ

憂鬱は大福を食べるときに来ずわれは関東つぶ餡派なり

オート三輪の荷台で爆笑のわれ写る変顔といふ言葉なきころ

蕎麦の実のスープはうまし百歳まで生きてしまつたらどうしやうと母

グリンピースのポタージュのため翡翠なる兄妹姉妹あまたのわかれ

七十と九十の姉妹死にし駅電車の顔はしづかに入り来

飛び込むひと線路づたひに逃げるひとを悲しまずわれ早く家出る

義母いまを忘れやまねど子を愛しからだをいとへ全力で生きるなと

退院をしたら食はむといひし義父へ初夏の汗の鍋焼きうどん

一味

花菖蒲ふかむらさきの網目ある顔をぴらぴら雨に差し出す

午前九時義父母も母もはらはらと雨あがりの街へ出かけゆくころ

しろい大きなアイリスに触れる　紙を繰り詩を読む幸ももうあとわづか

大逆事件で処刑された大石誠之助を悼む与謝野寛の詩「誠之助の死」

ひかり溜まりて若葉青葉はみなうたふ「大石誠之助は死にました」

「誠之助と誠之助の一味が死んだので、／忠良な日本人は之から気楽に寝られます。」

むきむきに鏡葉はおもふ　「誠之助と誠之助の一味」とはどこまでか

誰々は誰の〈一味〉といつてみて〈一味〉ににじむ濃さにおどろく

「機械に挟まれて死ぬやうな、馬鹿な、大馬鹿な、わたしの一人の友達の誠之助。」

人を挟み殺しし機械フィクションとしての国家をおもふ夏雲

「誠之助の死」はふたたびつひに届かざらむ　すでに久しかる〈反語の死〉

逆説反語もとより直言の抱く真《まこと》知らず求めぬうつろのふくろ

鏡葉はひかりてほかの葉を映すつらつらつばき共謀のかほ

骨折れし右足薬指もソファにのせ指とふたりでしづかなひと日

足指が折れたといへばわたくしもわたしもと女の足指はかな

電線をつかみてうぐひすは啼けり足指折れたならば死ぬもの

日立市かみね動物園

五十四年生きて死にたる河馬の記事われより少し妹のバシャン

いいへバシャンは人間でいへば九十五別府生まれで十四頭産みき

十四番目の娘チャポンと最晩年二人暮らし老衰で死んだバシャン

バシャンとふ名前なれども人間とおなじよろこびを持ちて生きけむ

ハードムースの瓶を残して発ちし子に終はりてゐたる青春しらず

大逆事件で処刑された管野スガが獄中から送った針文字の手紙。
我孫子市の杉村楚人冠旧宅で発見された。

手賀沼のほとりに住みて楚人冠は針に穿てる手紙を隠す

ひかりにかざせば針で穿ちし文字うかぶ「彼ハ何ニモ知ラヌノデス」と

管野スガは幾千の穴を穿ちたり手賀沼につねに光はうごく

雨あがり霧たつしろい岸に降り草の合唱のなかにゐるなり

オオバンもイソヒヨドリも綿だまのやうな子どもを浮巣にかくす

瘤白鳥ゆふべ朝べをかよひたるしろい記憶を母は見上げて

デパートで初めてあなたに会ひました高松から私を見に来たおかあさん

長靴下のピッピのやうに手足長きひとと思へり四十代の姑よ

むかしを忘れやすい私と今を忘れてやまぬ母坐し〈人〉のかたちに

薔薇風呂に薔薇くれなゐの渦の顔くるりんくるんわたしを囲む

薔薇のくらい顔のあひだに顔を出すわれの失意を見つめない顔

検索をしてからひとに会ひにゆくあはあはとただ確かむる会ひ

車椅子レース始まる気迫もちわが同世代付き添ひの顔

そろそろ歩く

足指の骨折りそろそろ歩く夏そろそろ動く感情の味

くだらぬと腐せどテレビは籠りゐる父母にひと日を話し掛くるもの

子に見せてならないものは死にあらず性ならずこのうす笑ひの答弁

友部正人「密漁の夜」たはやすく二十歳のこころが甦るは怖し

〈文芸の女神〉も〈楽土〉も

フランス語でミュシャ、チェコ語ではムハ。

草とをんな曲線のロンドを描《か》きしミュシャ、ナチ尋問ののち死にしムハ

「スラブ叙事詩」に血は描かれねど灰白の絵からしたたる血は臭ひたり

骨と骨擦るごとき小国の生き死にと宗教のたたかひをわれらは見上ぐ

「スラブ叙事詩」いちまいの絵に〈戦争〉も〈文芸の女神〉も〈楽士〉もゐたり

木彫師をなぐさめる〈文芸の女神〉こんなに言葉のあはい時代《よ》に見る

あらゆる現実あらゆる想像の混沌とある尊さをムハは描《ゑが》けり

つるつるの世

「お嬢さんの金魚」の歌よ水槽はとぷとぷとぷと夏のひかりに

河野さんの「ちりちりひ」とか「妙《めう》な」とか　ひるがほは首しろく咲きだす

アホなことはどれほどどれだけ積み上りし　この七年を知らぬひるがほ

河野裕子のあかあか赤ままの良妻のうた　その幸ひはいまもそよぐや

群馬県沼田市旧生方家住宅（四首）

窓あらぬ旧家の嫁の部屋にしてたつゐを囲み冷えし白壁

薬種商「かどふぢ」の嫁神風の伊勢の国よりはるばる来たり

生方たつゑがうたひし「風」と「白」と「骨」かつてをみなが分かちし寒さ

蟬声は終はりを知らず「かどふぢ」に気落ちせるごと天秤傾ぐ

濃むらさきブルーベリーの実を食めばまなこぽつてり濃くなりて読む

こぎん刺しの袋にねむる極小のけもののやうなふるい真珠よ

女性車両の人らおほかたわれよりも若くて痩せてわれより疲る

髪留めのクリップ、ネイルとろりとしたひかりをのせて電車にねむる

「閨秀」も「女流」とふ語も過ぎたるをよき香りして憂鬱のかほ

〈よかつた時代〉の主婦としてわれは目を閉ぢる大江戸線の女性車両に

このひとを宿主として太りたるたましひのこと〈きゃりーぱみゅぱみゅ〉

歩きスマホよりもおそろしスマホ母スマホに笑ひその目を覗く

じつの子はスマホで赤子は継子なれ継子さびしいだいだらぼつち

草間彌生展

平凡なわれらはびつしり取り囲む苦しむ草間彌生のドットを

自転車はひかる乗り物　いぢめられつ子が漕いだなら青く光れよ

栄養も水もたつぷりためてゐる多肉植物の記憶聞き出す

歯をみがくわれにしづかな雪が降るわかき家族のボストンの街

夏のバトンのやうな玉蜀黍を食べわらつた三人の一人つ子

絵手紙に木槿はふはり、その花を描《か》きしこころの凪のやさしさ

三十年後紙なきつるつるの世に老いてわたしはどんな悲しみを書く

咳

わたくしをうちがはから叩くひとがあり当たりとはづれの玉を吐き出す

炎天にすべて中止の夏は来てさびしい子供神輿も消えむ

夏の終はり母を祝つて七人は母の記憶に並び直した

からだぢつと見つめれば怖くないところ一つもないね　足の爪切る

酷暑なる記憶に沈む〈国〉はあり　劉霞さんの小さい影のやうな顔

旅の歌は

このごろは炭酸水が好きになるゆっくり飲むこと上手になりて

旅の歌はおちついて作るべしといふ空穂を旅行鞄に入れる

返信を書かむと持ち来し便箋にしろく置くべき信州の霧

山荘で老いたる山羊の灰色のまなこに霧はくらく渦まく

高ボッチ高原のかぜ馬のにほひ人のにほひをふつと淡くす

よしよしよしうんうんうんと高ボッチを巡る馬体は圧倒的なひかり

海をしらぬ喜志子が喜志子の青といひし松林なり波の音する

無言館を囲む秋の木　見つめられし記憶のなかにからだは老いて

出征する青年が描《か》きし新妻のからだ　目をつむる半永遠の皮膚

そののちに描かるべかりし万象に実も葉も青くそよぐ胡桃は

がたがたぴしと

水平のなかに不安は満ちむとす身体をたてて秋風の朝

優しかる感想たまひし小紋さん雁書館はがたがたぴしとありしが

カリカリと録音のなかに鳴く雁よ「現代短歌雁《がん》」評論の時代ありき

メルカリにわたしの本はひらひらと流れて一人の入口に立て

「ほつこり」の語感をかくも好まざるわれの歪みへ焼き芋の湯気

ありありと読みちがへられゆく歌があり　そのさびしさに餡パン一つ

みかんの思ひ出

芥川龍之介「蜜柑」

奉公に出るむすめが汽車の窓をあけ弟たちに投げたる蜜柑

みかん色みかん色とぞ言ひながら描《か》いた太陽、ともだちのリボン

ストーブでみかんを焼いて食べたころ家族は変はるものと知らざり

焼き蜜柑の匂ひのなかにほくほくとフィクションとなるむかしの家族

正月を過ぎても蜜柑は腐らずにお手玉のごと木箱にありし

芥川をすこし慰めたるみかん柑橘売り場に小さくあらむ

先生亡きと

吹割《ふきわれ》の滝不思議な石の舞台なり旅にゐて先生亡きと思へり

イルカには半球睡眠片側づつねむる脳《なづき》は夢を見るなし

にんげんは脳全球で眠るなり夢の不思議もさびしく生きて

先生の亡きこと知らぬ鴨を見る見れば見ることのなかの先生

鴨の歌墓の歌もあまた　鴨をみて墓をみて先生を思はむ楽しさ

叱咤激励状

赤チンに傷のありかを見せあひて治してゆきし昭和はるけし

秋空にすいつと蜻蛉は切り込みぬ先生の声の「及ばずながら一太刀」

歌好きのお顔ふち取る銀の髪七十の先生九十の先生

失恋せるわれはそうめんと卵焼きを若き二人の先生と食べたり

わかき夫わかき先生に食ひ下がる〈前衛〉を言ひ鮮やぎし夕《ゆふ》

身の軽きことの優しさ不安ある先生にして戦争を憎みし

「むかしむかし」ゆたかに詠みたまひし先生逝きて「むかし」は饐えてゆかむか

年賀状礼状かならず添へ書きに叱咤激励状となりし幾千

香　香

元気な子幸せな母を見るために香香シャンシャン人間の列

この大きけものの愛にほほゑまむ昭和にありし人間の愛

弦

新年《にひどし》のひかり射すとき水仙は弦鳴りださむばかりに冷たし

励ましてくださりしひと二人去り新年の手をわれはあたたむ

アレクサ

さまざまな雪のつらさを告げる歌日本の弓の半身から来る

老人が一人づつ住む細道に雪凍りわれは母に行き着けず

みどり児がはたと泣きやむ楽しさを思ひ出す雪の止みたるゆふべ

冬晴れに背の縮みたること著《しる》しわが母コウテイペンギンの背丈

「アレクサ、わたしはだあれ」と夫問へば「他の誰でもないかけがへのない人」と

「他の誰でもないかけがへのない人」とＡＩにささやかれたる夫の眠り

アレクサはわれの持たざる素直さに「ごめんなさい。今はわかりません」と

「今はわかりません」と言ひつつアレクサの学ぶ速度のなかにある夜

白鳥乙女

愛でくれしひとの亡ければシクラメンすなはち白鳥乙女さびしき

舌痛症ももいろの舌に極小のひと来て頬杖をついたり何かを踏んだり

先生の赤ちゃんへと生徒が編みくれし帽子のごとし　白木蓮よ

生きをれば六つ年下の友ならむ農薬で自死したる女生徒

「元気をくれる」ではなく今日も「励ます」と言ひかへて駅の雪富士に会ふ

わが額にびしつとぼたん雪一つ当たるを感じねむりゆきたり

紫蘇の実かけて――「最終の晩餐」のテーマで

空想癖なくてわたしは最後なる食事のことも淡々とおもふ

白かゆに紫蘇の実かけて食《たう》べたし　われそのものが煙のやうな日

最後の晩餐おもへば夫も子もをらずただしんしんと粥食べるわれ

煙からおそらく遠く老人の歌からちろちろ出てゐたる舌

病院の帰りは焼き肉食べたしといふははそはの最後の食《じき》は

レモンかけカルビを母と食べてゐる　おいしいねえと悲しいねえと

たいして好きでないもの食べてその味がわが一生と思ひて逝くべし

〈伊右衛門〉

二十代世間しらずの恩しらずさはさはさはと水仙抱いて

〈伊右衛門〉は半日われの机上にありすずしく立ちて手助けをせず

「〆切に魔に泡せる」と出てきたり魔が泡を着る魔に泡を吹く

忙《せは》しかろと義父はいひたり亡き父といつしか同じさびしさ持ちて

ああ死者はわれの横がほ見てをらむバス停わきの白椿咲く

声の出ず討たれて喘息の神となりし佐奈田与一の飴をもらひぬ

春近づきことしも声のでぬ日あり咲きだす花の無言のなかに

「西行高野の奥に於いて人を造る事」（撰集抄）

かたるべき友欲しければ人骨に野いちご繁縷《はこべ》を揉むべかり、春

繁縷もて鬼の秘術をもて友をつくらむとせりひとは孤独に

吹き損じの笛のごとくに鳴るばかり声とはこころありて出づると

出来損なひの人間は声が出ぬといふあなたが大事と今日も言はざる

アイボとは犬の骨から出来上がりし犬にあらねば出来損なはず

むかし鬼の秘術で造りし大臣《おとど》ありこの答弁の人にあらずや

「かりん」四十年近づく春は怪奇譚のごとき国会の春といふべし

不完全な人間できてずいずいと山に捨てゆきにけり西行は

よろこびよりつねに悲しみ多き世の真実はうたの巧拙の外

おかあさんスマホ見てゐて気づかざれ子どもが狐の顔であること

母性は国家のものとして保護すべしとぞらいてう言へりスマホなき頃

犬猫をモフモフといひ愛すときモノを愛する感じに近し

長野県小布施町

〈米川〉は女性杜氏の酒なりと素直な酒の悔しい嫩葉

評するとき呑むときカレー作るとき気力ある日の超辛口は

ひとりにひとつ赤い記憶の玉ありてスーパーブルーブラッドムーン

裸足で走り長馬跳びでつぶしたり　春に芽吹ける昭和の記憶

戦争ありし昭和とゲームある平成　かたりあふ幸はひとを浸さず

水仙の花の間取りをのぞき込み「詩より生活」と葉書に書けり

『老槻の下』二首

春の夜や空穂の妻の肩に来て空穂の背に移るモモンガのうた

春の夜はしづかにありて桜餅の皮をたべゐるモモンガのくち

ホラー映画の監督となりゐし高橋君十七きみもまつ暗くらで

高橋君がホラーで咲かせた花を見る流血をもてきみは抒情す

十八のこころとことばで五十八のわれら話せばやがて無気味に

さよならと手を振る桃の花の闇なつかしむこと早すぎたるべし

あとがき

『吹雪の水族館』以後、二〇一五年から二〇一八年春頃までの作品、四四〇首をまとめて第九歌集『牡丹の伯母』といたしました。歌集名は〈「どなた」には人が人にもつなつかしさと懐疑あふれて　牡丹《ぼうたん》の伯母〉の一首からとりました。

先の歌集刊行から三年足らずの間ながら、じつに、瞬く間に社会の何かが変わったような気がします。ここしばらく、社会や世界の変化に関心をもってうたってきましたが、今はその変化を言葉にすることそのものの感覚が以前とは少し違っているとさえ感じます。同時に、まだそのことをはっきりと説明することができません。

第一歌集『夏空の櫂』を田村雅之さんの手で出していただいたのは、昭和六三年、一九八八年十月で、それからちょうど三十年経ったことになります。その間に出来たことを問えばひたすら忸怩たる思いですが、もう前を見て進むしかない年齢になりました。ちょうどこの五月に「かりん」は四十周年の節目を迎えましたが、同じ年に自分の節目を重ねる思いがあります。

昨年十一月に岩田正先生が亡くなられました。いつもいつも力づけてくださった先生の記憶はあまりにも鮮明で、人が心の中に生きるというのはこういうことだと実感します。そして、岩田先生亡きのちも、以前と同じように、孜孜と書き闊達に語られる馬場あき子先生のお姿に多くのことを教えられました。「かりん」入会以来の年月を嚙み締めつつ、両先生にあらためて深く感謝いたします。

そして、「かりん」の皆様やさまざまな場で御世話になり、刺激を与えてくださる皆様に御礼申し上げます。

昭和の終わりに初めての歌集を出していただいた田村さんに、平成の終わりの歌集をお願いすることになりましたこと、そして、第三歌集『たましひに着る服なくて』で御世話になった倉本修さんに再び装丁をしていただけることも本当に嬉しく、心より御礼申し上げます。

二〇一八年六月

米川千嘉子

かりん叢書第三三四篇
歌集　牡丹の伯母
二〇一八年九月八日初版発行
著　者　米川千嘉子
発行者　田村雅之
発行所　砂子屋書房
東京都千代田区内神田三―四―七（〒一〇一―〇〇四七）
電話　〇三―三二五六―四七〇八　振替　〇〇一三〇―二―九七六三一
URL http://www.sunagoya.com
組　版　はあどわあく
印　刷　長野印刷商工株式会社
製　本　渋谷文泉閣